솜사탕

신진경 동시조집

아이의 눈으로 세상을 다시 보다

교실은 언제나 봄기운으로 가득한 고향의 밭 같습니다. 일상의 번뇌는 이 따스한 기운 속에서 저절로 녹아듭니다. 아이들의 맑은 눈빛에 오래 빚진 마음을, 이제야 글로 풀어내고자 합니다.

봄이면 쑥과 냉이를 캐던 들판, 물장구 소리 드높던 여름날의 냇가, 밤하늘 별을 보며 눈물에 젖던 기억들이 무뎌진 감성을 두드리며, 가끔은 푸근한 미소를 짓게 합니다.

아이들의 눈으로 세상을 보면 모든 것이 기적입니다. 아직 굳지 않은 마음으로, 아직 닳지 않은 눈으로 사소한 것에도 놀라고 오래 머무는 아이들은 세상을 처음 만나는 시인입니다.

『솜사탕』동시조집은 어린 마음으로 세상을 다시 배우며 쓴 작은 고백입니다. 저는 시조라는 우리 고유의 시 형태로, 어린아이의 맑은 눈과 순수한 마음을 빌려 그 잊힌 세상을 다시 불러내고 싶었습니다.

솜사탕은 손끝에서부터 마음 끝까지 달콤하게 녹아드는 기억이며, 입안에서 사르르 녹은 뒤에는 오래 남는 생각 하나를 건네줍니다.

아이의 마음을 빌려 세상을 다시 배우는 시간, 이 책을 펼쳐 주신 여러분의 마음에도 하얀 솜사탕 하나씩 피어나기를 바라며, 감사의 마음을 담아 이 동시조집을 건넵니다.

2025년 겨울 햇살 아래에서
신진경

3

차례

2부

3부

4부

1부

번데기의 꿈

숲속의 나뭇가지
집 한 채 달려 있네

어두운 방이지만
날개를 빚고 있어

봄 햇살
나를 부르면
두근두근 날 거야

숲, 살아나다

산불에 타버린 숲
그을음만 남은 자리

빗방울 노래하며
땅을 적셔 잠 깨운다

잿빛을 씻어낸 자리
살아나는 초록빛

솜사탕

고운 실 돌돌 말아
구름솜 몽글몽글

한입에 살살 녹아
입안 가득 웃음 번져

한동안
울 엄마처럼
달콤함이 남는다

할아버지의 육아 일기

어릴 적 나의 하루
빼곡히 적혀 있다

한 줄은 우는 모습
줄 바뀌어 웃는 얼굴

사랑을 글씨로 남긴
그 손길을 느낀다

꽃비빔밥

하얀 밥 초록 나물
그 위에 노란 지단

색색 꽃 따다가는
얹으니 꽃비빔밥

고운 빛 내 마음까지
꽃밭으로 피었네

반딧불이의 꿈

여름밤 풀숲에서 만나는 작은 요정
초록빛 등불 켜고 무도회 열었네요
별님도 내려왔나 봐
반짝반짝 속삭여요

물 맑고 공기 좋은 숲에서만 만나는 별
반짝반짝 들려주는 꿈을 서로 나누어요
소중한 우리의 지구
모두 함께 지켜요

꽃이 되신 할머니

공원 둘레길에서
가족이 사진 찍네

할머니 머리 위에
나비가 앉았어요

화사한 할머니 미소
정말 정말 꽃이네요

비 오는 밤

쏴아아 비바람에
쓰러진 해바라기

해님도 못 보겠다
얼굴도 만신창이

곁에서 위로한다고
귀뚜리가 귀뚜르

뉴스

폐그물 플라스틱
쓰레기 모인 바다

빙하가 녹아내려
북극곰 갈 곳 잃어

가슴이 서늘해지는
소식 말고 없나요?

가짜 하늘

아파트 방음벽에
부딪힌 새 한 마리

속았던 가짜 하늘
또 날다가 부딪힌다

사람이
너의 목숨을
생각하지 못했네

벚꽃 나라

겨우내 여민 꿈을
가슴에 가득 안고

톡톡톡 꽃망울이
터져서 나온 얼굴

햇살이 간지럼 태우니
웃음보가 터지네

봄바람 동무하러
하얀 옷 차려입고

눈부신 선녀들과
파르르 춤을 추면

벚꽃비 흠뻑 내려서
하얀 세상 만드네

길고양이

겨울비 내리는데
꼼짝 않는 길고양이

꼬르륵 배고프고
얼마나 추울런지

내일은 햇살 가득한
날이 되면 좋겠네

2부

겨울잠

보송한 털옷 두른
백목련 겨울 꽃눈

엄마의 품속에서
잠이 든 아기 같다

차가운 바람이지만
꽃이 피는 꿈꾼다

단비 오는 날

가물어 메마른 땅
잔치를 벌입니다

목마른 농작물도
다시 기운 찾습니다

생명을 되살려놓는
비는 힘이 셉니다

쓰레기통

온갖 것 다 버려도
말없이 받아주네

다 차면 비워내고
더러워도 마다않네

속 깊은 마음 씀씀이
주변이 다 환하네

영하 50도의 사랑

남극의 황제펭귄
허들링 이어가고

새끼를 발에 품고
펭귄 밀크 주는 아빠

얼음이 두꺼울수록
사랑은 더 뜨거워

달리기

내 차례 다가오자
가슴이 두근두근

탕! 신호 소리 맞춰
죽어라 내달렸다

꼴찌의 부끄럼일랑
바람 속에 날렸다

별

친구는 조잘조잘
예쁜 입 가졌어요

만나면 쉴 새 없이
소곤소곤 속삭여요

저 별도 수다쟁이들
밤새도록 반짝여요

뿌리

물 위로 몸을 숙인
호숫가 버드나무

바람에 휘청휘청
쓰러질 듯 아슬아슬

걱정 마
보이지 않는 곳
지켜주는 힘 있어

폭포

흐르는 물도 때론
다이빙 하나 보다

힘차게 달려와서
벼랑에 떨어지네

길 찾아 떠나는 용기
박수받을 만해요

터널

높은 산 골짜기를
기차가 달립니다

몸속에 길을 내어
기차를 품는 큰 산

그 덕에 할아버지 댁
한결 빨리 갑니다

코스모스 길

혼자는 심심해도
모이면 즐거워요

다 함께 춤을 출 땐
바람도 신이 나죠

저 멀리 이사 간 친구
생각나는 길이죠

키다리 아저씨

한 자리 꼼짝 않고
다리는 안 아플까

언제나 숙인 고개
목은 아마 뻣뻣할 걸

덕분에
환한 밤거리
밝혀주는 가로등

우리 동네 독서상

빌딩 앞 아저씨는 언제나 책 읽는다
재미에 푹 빠져서 나 온 줄도 모르는 채
검은테 안경 너머로 눈도 깜짝 안 한다

독서상 지날 때면 마음이 쿡 찔린다
게임만 좋아하고 책이랑 멀어진 나
오늘도 본받으려고 동화책을 꺼낸다

3부

이륙

위이잉 엔진 소리
활주로를 달려간다

수백 톤 몸뚱이가
한 마리 새로 뜬다

내 꿈도 비행기 되어
하늘 높이 훨훨훨

해바라기

해님을 좋아하는
키다리 해바라기

얼굴이 군데군데
까맣게 타들어가도

언제나
웃음 띤 얼굴
나도 따라 웃어요

까치 한 마리

화단에 앉은 까치
교실을 기웃댄다

공부가 하고픈지
놀자고 하는 건지

깍깍깍 노래 한 곡을
들려주려 하는지

비 온 뒤

해님이 미소 방긋 무지개 수를 놓고

나뭇잎 반짝반짝 꽃들도 활짝활짝

빗물로 얼굴을 씻은 하늘색이 환하다

목마른 흙을 적셔 씨앗이 돋아나고

초록빛 힘이 솟아 열매가 조롱조롱

햇살은 어머니 손길 탐스럽게 기른다

분수

공중에 치솟을 땐
쏴아아 신이 나고

바닥에 떨어질 땐
후두둑 힘 빠져요

분수도
시험 점수도
오를 때가 좋아요

그림자

벤치에 앉아 쉬면
곁에 와 지켜주고

외로워 먼 산 볼 땐
조용히 기다리죠

밤길엔 더 멀리 살펴
앞장서서 걷지요

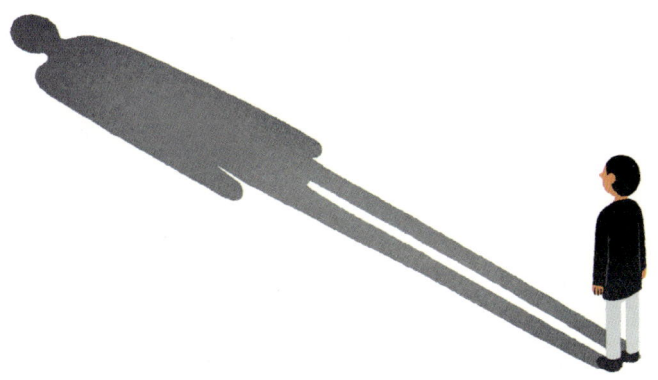

낙엽과 바람

늦가을 나뭇잎이
데구르르 굴러간다

어디로 가려 하니
어디 아픈 덴 없는 거니?

바람이 보듬어주며
귓속말로 묻는다

미로 찾기

일요일 공원에서
동생과 미로 놀이

키가 큰 나는 서서
주위를 살폈지만

키 작은 동생이 먼저
찾아버린 출구 길

막히면 돌아가고
정답이 없는 미로

벤치에 앉아 쉬며
어머니 하신 말씀

길이란 잃는 게 아닌
찾아가는 거라고

겨울 초승달

눈 그친 서쪽 하늘
초승달이 추울까 봐

손 위에 올려놓고
입김 불어 주었어요

내 마음 전해졌는지
살짝 웃고 있네요

꼬마병정놀이

길쭉한 모자 쓰고 장난감 총 든 병정
탕탕탕 전쟁에도 다치는 사람 없죠
웃음이 총소리보다 더욱 크게 들려요

하지만 진짜 전쟁 너무너무 무서워요
즐거운 웃음꽃도 모두 다 시들겠죠
누구도 슬프지 않게 친구 되어 지내요

스크래치

새까만 색칠 속에 숨겨져 있던 빛깔

싹싹싹 긁어내면 조금씩 드러난다

어둠을 뚫고 나오니 한 폭 그림 이룬다

다시 훨훨 날아요

아기새 날개 다쳐
날지를 못하네요

직박구리 어미새는
먹이를 물어오고

꽃가게 아주머니는
정성으로 돌봐요

깃털을 이어붙인
수의사 정성으로

날갯짓 연습 끝에
드디어 엄마 곁에

기적이 일어났어요
함께 훨훨 날아요

4부

수호천사

모두가 물러서는
뜨거운 불 속으로

땀방울 주룩주룩
한 걸음 또 한 걸음

누군가 내미는 손을
잡아주는 소방관

팬지

도로 옆 화단에서 하르르 떨고 있다

바람이 쉬지 않고 온몸을 흔들어도

웃음을 잃지 않는 꽃 닮고 싶은 내 마음

짝꿍 기대

짝꿍을 바꾸는 날
누가 될까 조마조마

쪽지를 열어보니
개구쟁이 민석이다

처음엔 실망했지만
새로 생긴 기대감

3		2	월						

학교를 알아다. 요일   날씨

제목 :

처	음	으	로		학	교	에	
가	서		떨	렸	다	,		짝 꿍
도		생	겨	서		좋	았	다 .
	얼	른		친	해	져	야	지 .

드론 쇼

빛나는 요정들이 줄 맞춰 날아오네
연필도 붓도 없이 그림을 그리면서
밤하늘 빛의 잔치를 마법처럼 펼치네

한순간 사라져도 하늘 가득 다시 피어
앞서려 하지 않고 자리를 지키면서
혼자서 그릴 수 없는 별자리도 만드네

작은 꿈

한 방울 물이 모여
강 되고 바다 되고

한 개의 씨가 싹터
숲 되고 산이 되듯

작은 꿈
하늘에 닿아
온 세상이 꽃 피네

바위랑 소나무랑

바위에 발붙이고
터 잡은 참솔 나무

소나무 기둥 삼아
솔잎 지붕 얻은 바위

백 년을 한 식구처럼
오순도순 살아요

71

참새의 대답

길에서 만난 참새
멈칫멈칫 종종걸음

다친 데 없나 하고
눈길을 주는 순간

단숨에 솟아올라서
햇살 속에 포로롱

멈춘 걸음

길 가다 돌아봤다
코끝을 간질어서

생나무 울타리에
치자꽃 피어나서

향기로 건네는 인사
반가움에 놀라네

권투 시합

힘자랑 한판 승부
구경꾼 몰려든다

퍽퍽퍽, 아프겠다
핵주먹 맞은 선수

우승은
세게 때린 사람
이상하다 권투는

쿵!

노란불 깜빡이자
갈까 말까 망설인 차

빨간불 아니잖아
그대로 내달린다

맞은 편 나타난 택시
때는 이미 늦었다

사라지는 동전들

어릴 적 소풍 갈 때
손에 꼭 쥔 동전 몇 개

무궁화 거북선에 다보탑 벼이삭들

쨍그랑 돼지 저금통
가득 차면 웃음꽃

이제는 소중했던
동전이 사라져요

어른들 카드 사용 인터넷 계좌 이체

동전은 천덕꾸러기
어디에서 살까요

작은 양보, 큰 기적

비켜요 삐뽀삐뽀
119 구급차요

일초가 소중해요
생명을 살려야죠

재빨리 비켜주는 맘
반짝반짝 천사죠

5부

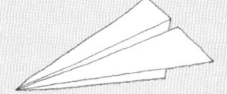

한글

지은이 확실하고
만든 뜻 드높아라

원리가 뚜렷하고
못 적을 소리 없어

글자 중 으뜸이라네
빛내는 일 나의 몫

연습

조금은 서툴러도
하다 보면 손에 익어

쓰기도 그리기도
조금씩 나아져요

초승달 둥글어지듯
하루하루 달라요

손님

불빛을 찾아왔나
유리창에 붙은 나방

서둘러 쫓아내니
괜한 짓 한 것 같다

반가워,
놀러 와 줘서
인사라도 나눌 걸

운동장

와아아 시끌벅적
웃음꽃 피어난다

싱그런 바람 타고
마음껏 달려가며

새로운 꿈들도 쑥쑥
자라나는 운동장

수단 전쟁고아 조셉

아빠가 총 맞은 뒤
엄마도 총에 죽고

네 명의 동생들과
도망쳐 살아남아

조셉은 이제 열다섯
동생들을 거둔다

하루에 풀죽 한 끼
배고픔 참아내며

막내에게 먹일 우유
먼 길 가서 얻어온다

두 눈에 가득한 슬픔
웃음 띨 날 오려나

85

종이비행기

두둥실 하늘 높이
비행기 띄워본다

나쁜 맘도 바람결에
날릴 수 있겠는지

짝꿍과 다투고 온 날
종이 접어 날린다

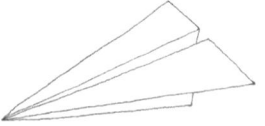

거울

거울 속 한 아이가
자꾸자꾸 나를 본다

나만큼 심심한지
볼 때마다 마주친다

눈웃음 건네주었더니
저도 따라 웃는다

아기 길냥이

어디서 들려오는
야오옹 울음소리

차 밑에 고양이가
움츠려 앉아있다

어릴 적 엄마 기다리던
내 모습을 보는 듯

바퀴는 요술쟁이

내 몸은 동그라미
이름은 바퀴에요

끙끙끙 무거운 짐
어디든 데굴데굴

자전거 롤러스케이트
다 나의 변신이죠

밤하늘 편지

깜깜한 밤하늘에
깨알처럼 박힌 글씨

보름달 뜨는 밤에
우리들 소원 듣고

별님이 답장했나 봐
또렷하게 반짝여요

달팽이

집채를 등에 지고
천천히 기어가요

힘들고 느리지만
멈추지 않는 걸음

아무리 길이 멀어도
힘든 내색 없어요

무지개

비 온 뒤 무지갯빛
꽃으로 피어난다

슬픔 뒤 환해지는
내 마음 닮았나 봐

잠시만 하늘 가득히
고운 꿈을 품는다

97

솜사탕

인쇄일 2025년 12월 15일
발행일 2025년 12월 18일

지은이 신진경
펴낸이 주지오
펴낸곳 도서출판 무량수
　　　　　부산광역시 연제구 중앙대로1131 연산메디컬센터 1201호
전 화 051-255-5675　**e-mail** boan21@korea.com
출판신고번호 제9-110호

ISBN 978-89-91341-03-6　03810
정가 15,000원
ⓒ신진경, 2025. printed in Busan, Korea

부산광역시　BUSAN METROPOLITAN CITY　　부산문화재단　BUSAN CULTURAL FOUNDATION

· 이 동시조집은 2025년 부산광역시, 부산문화재단 부산문화예술지원사업으로 지원을
　받았습니다.